AF324567

18 mai 1905

P

Commissaire-Priseur
M. F. Lair-Dubreuil
Experts
M.M. Roblin Paulme et B. Lasquin fils

COLLECTION DE M. A. F***

ESTAMPES ANCIENNES
DU XVIIIe SIÈCLE

CATALOGUE

DES

ESTAMPES

ANCIENNES DU XVIIIe SIÈCLE

DES ÉCOLES FRANÇAISE ET ANGLAISE

Imprimées en noir et en couleurs

PAR OU D'APRÈS

BAUDOUIN, BIGG, BOILLY, BONNET, BOUCHER, CHALLE, COSWAY,
DAVESNE, DEBUCOURT, DESCOURTIS, FRAGONARD,
FREUDEBERG, GREUZE, HOIN, H. ROBERT, HUET, JANINET, LAVREINCE,
TH. LAWRENCE, MARIN, MOREAU LE JEUNE, REYNOLDS,
ROMNEY, SAINT-AUBIN, SMITH, TAUNAY, WATTEAU, WHEATLEY, ETC.

Composant la Collection de M. A. F***

DONT LA VENTE AURA LIEU

HOTEL DROUOT, SALLE N° 6

LE JEUDI 18 MAI 1905

à 2 heures 1/4

COMMISSAIRE-PRISEUR

Me LAIR-DUBREUIL, 6, rue de Hanovre

EXPERTS

MM. P. ROBLIN, M. PAULME & B. LASQUIN FILS

65, rue Saint-Lazare | 10, rue Chauchat | 12, rue Laffitte

(BN)

EXPOSITION PUBLIQUE

Le Mercredi 17 Mai 1905, de une heure 1/2 à 6 heures

CONDITIONS DE LA VENTE

Elle sera faite au comptant.

Les acquéreurs paieront *dix pour cent* en sus des prix d'adjudication.

Les expositions particulière et publique mettant le public à même de se rendre compte de l'état et de la nature des pièces, aucune réclamation ne sera admise une fois l'adjudication prononcée.

Les experts se réservent la faculté de diviser ou de rassembler les lots, et rempliront, aux conditions d'usage, les commissions que voudraient leur confier les amateurs.

N. B. — *Toutes les estampes sont encadrées.*
L'ordre numérique du Catalogue sera suivi.

EXPOSITIONS PARTICULIÈRES : Chez MM. B. Lasquin fils, 12, rue Laffitte, les Samedi 13, Lundi 15 et Mardi 16 Mai 1905, de neuf heures à midi et de deux heures à cinq heures.

EXPOSITION PUBLIQUE : A l'Hôtel Drouot, salle nᵒ 6, le Mercredi 17 Mai 1905, de une heure et demie à six heures.

Paris. — Imp. de l'Art, E. Moreau et Cⁱᵉ, 41, rue de la Victoire.

DÉSIGNATION

BAUDOUIN (D'après P. A.)

1 — LE BAIN. (E. B., n° 10).

Charmante estampe in-4°, gravée par N. F. Regnault.
Superbe et rare épreuve, *imprimée en couleurs*, avec
toute sa marge non ébarbée dans un état de conservation parfaite.

BAUDOUIN (D'après P. A.)

2 — LE COUCHER DE LA MARIÉE. (E. B., n° 16).

Estampe in-fol. en hauteur, gravée à l'eau-forte par
J.-M. Moreau le Jeune et terminée au burin par
Simonet.
Très belle épreuve. Petites marges.

BAUDOUIN (D'après P. A.)

3 — LE FRUIT DE L'AMOUR SECRET. (E. B., n° 23).

Estampe in-fol. en hauteur, par Voyez le Jeune.
Très belle épreuve. Grandes marges.

BAUDOUIN (D'après P. A.)

4 — LE MATIN. — LE MIDI. — LE SOIR. — LA NUIT. (E. B., nos 32, 33, 46, 35).

> Suite de quatre pièces in-fol. en hauteur, par de Ghendt.
> Très belles épreuves. Marges.

BAUDOUIN (D'après P. A.)

5 — LE MODÈLE HONNÊTE (E. B., n° 34).

> Estampe in-fol. en hauteur, gravée à l'eau-forte par J.-M. Moreau le Jeune et terminée au burin par J.-B. Simonet.
> Très belle épreuve, *avant toutes lettres*. Petites marges.

BAUDOUIN (D'après P. A.)

6 — PERRETTE (E. B., n° 36).

> Charmante estampe en médaillon ovale, avec encadrement et tablette, par H. Guttenberg.
> Superbe et rare épreuve, avec le nom de Baudouin, gravé en bas à gauche, et celui du graveur tracé à la pointe à droite. *Sans aucune autre lettre.* **Marges.**

BENWELL (D'après)

7 — CUPID DESARMED. — CUPID'S REVENGE.

> Deux pièces ovales faisant pendants par Bartolonii.
> Très belles épreuves, *imprimées en bistre et en couleurs.* Petites marges.

BIGG (D'après W.)

8 — MORNING AFTER THE STORM.   *2 10*

> In-fol. en largeur, par W. Ward.
> Très belle épreuve, *imprimée en couleurs*. Marges.
> (Cadre ancien en bois doré).

BOILLY (D'après L.)

9 — L'AMUSEMENT DE LA CAMPAGNE.   *2 40*

— LA JARDINIÈRE.

> Deux estampes petit in-fol. en hauteur faisant pendants, gravées par S. Tresca.
> Très belles épreuves, *imprimées en couleurs*. Marges.

BOILLY (D'après L.)

10 — LA JARRETIÈRE.   *120*

> Estampe petit in-fol. par S. Tresca.
> Très belle épreuve, *imprimée en couleurs*. Grandes marges.

BOILLY (D'après L.)

11 — LA PRÉCAUTION.

> Estampe petit in-fol., par S. Tresca.
> Très belle épreuve. Marges.

BOILLY (D'après L.)

12 — L'Optique, par Cazenave.

> Grande pièce in-fol. en hauteur, représentant d'après M. Harisse, iconographe de Boilly, Madame Danton et son fils.
> Magnifique épreuve, *imprimée en couleurs.* Marges.

BONNET (M. L.)

13 — Bouquets de fleurs.

> Deux estampes faisant pendants, d'après Carle.
> Très belles épreuves, *imprimées en couleurs.* Petites marges.

BOUCHER (D'après F.)

14 — Les Amants surpris.

— L'Agréable leçon.

> Deux estampes in-fol. en hauteur faisant pendants, par R. Gaillard.
> Superbes épreuves. Grandes marges.

BOUCHER (D'après F.)

15 — La Baigneuse surprise, par J. Daullé.

> Estampe in-fol. en travers.
> Superbe épreuve d'une pièce dédiée à *Madame de Pompadour*, dont elle reproduit les traits. Grandes marges.

BOUCHER (D'après F.)

16 — LE DÉNICHEUR D'OISEAUX.

Belle estampe in-fol. en travers.
Superbe épreuve *avant toute lettre*. Petites marges.

135

BOUCHER (D'après F.)

17 — VÉNUS A SA TOILETTE.

Pièce gracieuse par L. Bonnet.
Très belle épreuve, *imprimée en couleurs*. Petites
marges.

BOUCHER (D'après F.)

18 — VÉNUS CARESSÉE PAR L'AMOUR.

Estampe gravée par L. Bonnet.
Très belle épreuve, *imprimée en couleurs*. Petites
marges.

BOUCHER (D'après F.)

19 — TÊTE DE FLORE, par L. Bonnet.

Estampe in-fol. en hauteur, gravée en imitation de
pastel. Ce portrait, que l'on a longtemps dit être la Mar-
quise de Pompadour, est plus certainement celui d'une
des filles de Boucher : Madame Baudoin, ou Madame
Deshayes.
Très belle épreuve, *imprimée en couleurs*, donnant
l'illusion du pastel. Très rare.

1.580

BOUCHER et PIERRE (D'après)

20 — LES PRÉSENTS DU BERGER.

— LES SERMENTS DU BERGER.

> Deux pièces in-fol. faisant pendants, par Lempereur.
> Très belles épreuves. Marges.

BOUNIEU (D'après)

21 — LA CONFIDENCE.

> Estampe gravée par Jubier.
> Très belle épreuve *imprimée en couleurs*. Petites marges.

CARESME (D'après Ph.)

22 — LE REFUS INUTILE, par F. Flipart.

> Très belle épreuve. Marges.

CHALLE (D'après M. A.)

550

23 — L'AMANT SURPRIS, par Descourtis.

> Belle pièce in-fol. en hauteur.
> Superbe et très fraîche épreuve *imprimée en cou-leurs* de qualité remarquable. Marges. Rare en aussi bel état.

CHALLE (D'après M. A.)

305

24 — LE PANIER RENVERSÉ.

> Estampe ovale in-fol. en hauteur, par L. Boisson.
> Très belle épreuve *imprimée en couleurs*. Marges.

CIPRIANI (D'après)

25 — ANGELICA AND MEDORA.

Estampe gravée par Boillet:
Très belle épreuve *imprimée en couleurs*. Marges.

COLINET

26 — LA COMTESSE AMÉLIE DE BOUFFLERS.

Représentée assise au pied d'un arbre sur le tronc duquel on lit *Caroline*.

— CÉCILIA, d'après Benazech.

Deux estampes in-4° faisant pendants.
Très belles épreuves *imprimées en couleurs*. Marges.
(La seconde est *avant la lettre*.)

COSWAY (D'après R.)

27 — MARIA COSWAY.

Estampe in-4°, gravée par F. Bartolozzi.
Très belle épreuve *imprimée en noir et en couleurs*. Grandes marges.

COSWAY (D'après)

28 — LA MÈRE INTÉRESSANTE.

Estampe in-4°, publiée à Paris, chez Fatou:
Belle épreuve *imprimée en bistre et en couleurs*.

DAVESNE (D'après)

29 — LES CERISES.

Pièce gracieuse ovale, in-fol. en hauteur, gravée par Vidal.

Très belle et fraîche épreuve, *imprimée en couleurs*, avec marges.

DAVESNE (D'après)

30 — LES PRUNES.

Pièce gracieuse ovale in-fol. en hauteur, gravée par Vidal, faisant pendant à la précédente.

Superbe épreuve *imprimée en couleurs*. Marges.

DEBUCOURT (P. L.)

31 — LE MENUET DE LA MARIÉE.

— LA NOCE AU CHATEAU (M. Fenaille, n°s 8 et 21).

Deux pièces in-fol. en hauteur faisant pendants.

Superbes épreuves, *imprimées en couleurs*, d'une grande fraîcheur, de conservation parfaite, et excessivement rares à trouver réunies. Marges.

DEBUCOURT (P. L.)

32 — LA PROMENADE PUBLIQUE, 1792 (M. F. 33).

Pièce capitale du maître, in-fol. en travers.

Très belle épreuve *imprimée en couleurs*. Marges du cuivre.

(Cadre ancien en bois sculpté doré.)

DEBUCOURT (P. L.)

33 — PROMENADE DE LA GALERIE DU PALAIS-ROYAL
(M. F., n° 11).

> Grande pièce in-fol. en travers, gravée en 1787.
> « *Du genre grotesque ayant du piquant et de l'ori-*
> *ginalité. Les figures en sont nombreuses, variées et*
> *divertissantes.* »
> (*Mercure de France : 30 juin 1787*).
> Superbe épreuve *imprimée en couleurs*, avec marges.
> Rare en cet état de conservation.

DEBUCOURT (P. L.)

34 — LE COMPLIMENT OU LA MATINÉE DU JOUR DE L'AN.

— LE 3 BOUQUETS, OU LA FÊTE DE LA GRAND'MAMAN
M. F. 15-16).

> Deux pièces ovales in-fol. en hauteur, au milieu d'un
> cadre imitant le marbre bleu veiné, faisant pendants.
> Très belles épreuves *imprimées en couleurs*, remar-
> gées à l'ovale.

DEBUCOURT (P. L.)

35 — LE COMPLIMENT OU LA MATINÉE DU JOUR DE L'AN
(M. F. 15).

> L'une des deux estampes précédentes.
> Superbe épreuve *imprimée en couleurs*, avec
> marges.

36 — LA MÊME ESTAMPE.

> Très belle épreuve, avec quelques changements dans
> la gravure et dans la légende, *imprimée en couleurs*
> dans une tonalité très douce. Marges.

DEBUCOURT (P. L.)

37 — LA CROISÉE (M. F. 28).

Estampe gravée par un procédé mixte, imaginé par Debucourt, alliant le travail de l'eau-forte et celui de la roulette sur un fond d'aquatinte.

Superbe épreuve *imprimée en couleurs*, d'un état intermédiaire entre le 1er et le 2e décrits. Sur notre épreuve, le titre est au pointillé, les deux enfants ont remplacé le jeune homme, et les six points au bas à droite n'existent pas. Marges. Très-rare en cet état.

DEBUCOURT (P. L.)

38 — ELLE EST PRISE (M. F. 35).

Estampe ovale in-fol. en travers.
Très belle épreuve du 2e état. Grandes marges.

DEMARTEAU (Gilles)

39 — JEUNE FEMME EN BUSTE, de profil à gauche.

Petite estampe d'après F. Boucher.
Très belle épreuve *aux crayons de couleur*.

DESCOURTIS (C. M.)

40 — FREDERIQUE-SOPHIE-WILHELMINE, PRINCESSE D'ORANGE.

Beau portrait en manière noire, d'après Hentzi.
Superbe et rare épreuve *avant toute lettre*, de la plus grande fraîcheur. Marges.

DUTAILLY (D'après)

41 — L'Admiration de l'antique.

— L'Imitation de l'antique.

> Deux estampes in-fol. en hauteur faisant pendants,
> par Prot et Madame Lingée.
> Superbes épreuves, *imprimées en couleurs*. Marges.

FRAGONARD (D'après H.)

42 — Joconde (Scène du lit), par Ph. Trière.

> Vignette in-4° pour illustrer les *Contes de Lafontaine*,
> édition Didot 1795.
> Curieuse épreuve *imprimée en couleurs*, à la poupée.
> Il n'existe que fort peu d'épreuves en cet état.

FRAGONARD (D'après H.)

43 — Ma chemise brule!...

> Estampe in-fol. en travers, gravée par Aug. Le
> Grand.
> Très belle épreuve.

FRAGONARD (D'après H.)

44 — Le Baiser amoureux. — L'Instant désiré.

> Deux pièces faisant pendants, par Marchand.
> Très belles épreuves. Marges.

FRAGONARD (D'après H.)

45 — LES HASARDS HEUREUX DE L'ESCARPOLETTE.

Belle estampe in-fol. en hauteur, par N. de Launay.
Très belle épreuve de la planche, avec le sujet en mé-
daillon ovale, avec encadrement orné et tablette.
Marges.

FREUDEBERG (D'après S.)

46 — LA TOILETTE, par Voyez l'aîné.

Cette estampe est la douzième de la « *Suite d'Estampes pour servir à l'histoire des mœurs et du cos-
tume des Français dans le XVIIIe siècle.* »
Superbe et très rare épreuve *avant toute lettre et
avec la tablette blanche.*

GREUZE (D'après J.-B.)

47 — LA CRUCHE CASSÉE, par J. Massard.

Pièce capitale du Maître, d'après son célèbre tableau
conservé au Musée du Louvre.
Superbe épreuve avec marges.

GREUZE (D'après J.-B.)

48 — LA PETITE FILLE AU CHIEN.

Jolie estampe in-fol., gravée par Porporati.
Très belle épreuve.

GUYOT

49 — ACTION DE JOSEPH CHRÉTIEN qui a remporté le prix de vertu à l'Académie Française en 1786.

Jolie pièce ovale avec encadrement, par G. Texier.
Superbe épreuve *imprimée en couleurs*. Marges.

HOIN (D'après Claude)

50 — NINA, OU LA FOLLE PAR AMOUR.

Beau portrait de la célèbre actrice *Dugazon*, dans le rôle de *Nina*, opéra-comique de Dalayrac. In-fol. en hauteur par Janinet.

Magnifique épreuve *imprimée en couleurs, d'un tout premier état, avant toute lettre,* avant même la signature de Hoin, gravée dans le texte des épreuves ordinaires du 1er état. Elle a une grande marge et se trouve dans un état de conservation parfaite. Excessivement rare.

HUBERT-ROBERT (D'après)

51 — L'ERMITE DU COLISÉE.

— LA PRIÈRE INTERROMPUE.

Deux pièces in-fol. en hauteur faisant pendants, par Descourtis et Morret.
Très belles épreuves *imprimées en couleurs*. Marges.

HUET (D'après J.-B)

52 — AH! VOYONS MON FRÈRE!

— DONNE M'EN MA SŒUR.

Deux pièces petit in-fol. faisant pendants, par L. M. Bonnet.
Très belles épreuves *imprimées en bistre, les chairs en rose*. Marges.

HUET (D'après J.-B.)

53 — LA BELLE JARDINIÈRE.

Estampe publiée à Paris, chez L. Bonnet.
Belle épreuve, *imprimée en couleurs.* Petites marges.

HUET (D'après J.-B.)

54 — LA COLOMBE BIEN-AIMÉE.

Charmante pièce par L.-M. Bonnet.
Très belle épreuve *imprimée en couleurs.* Marges.

HUET (D'après J.-B.)

55 — L'ENFANT CHÉRI.

Jolie estampe par L. Bonnet.
Très belle épreuve *imprimée en couleurs.* Petites
marges.

HUET (D'après J.-B.)

56 — L'ESPOIR HEUREUX.

Jolie pièce par L. Bonnet.
Belle épreuve *imprimée en couleurs.* Petites marges.

HUET (D'après J.-B.)

57 — LE GOUTER CHAMPÊTRE.

Estampe gravée par Jubier.
Très belle épreuve *imprimée en couleurs.* Petites
marges.

HUET (D'après J.-B.)

58 — L'Heureux jour de la France.

> Pièce in-fol. en hauteur. *Allégorie sur le Couronnement de Louis XVI et Marie-Antoinette, à Reims, le 11 Juin 1775*, par Briceau.
> Superbe et très fraîche épreuve *imprimée en couleurs.* Marges. De toute rareté.

HUET (D'après J.-B.)

59 — Jeune femme la poitrine découverte tenant un oiseau.

> Composition ovale, gravée par L.-F. Duruisseau.
> Très belle épreuve *imprimée en couleurs.* Marges.

HUET (D'après J.-B.)

60 — Le Marchand de poisson.

> Estampe gravée par Jubier.
> Très belle épreuve *imprimée en couleurs.* Petites marges.

HUET (D'après J.-B.)

61 — Offrande a l'Espérance.

> Jolie pièce, par Jubier.
> Très belle épreuve *imprimée en couleurs.* Petites marges.

HUET (D'après J.-B.)

62 — Offrande a Vénus.

> Jolie pièce, par L. Bonnet.
> Très belle épreuve *imprimée en couleurs* Petites marges.

HUET (D'après J.-B.)

63 — L'Oiseau privé.

Charmante estampe, par L. Bonnet.
Très belle épreuve *imprimée en couleurs*. Petites marges.

HUET (D'après J.-B.)

64 — Le Repas des Vendangeuses.

Estampe gravée par J.-Aug. Léveillé.
Très belle épreuve *imprimée en couleurs*. Petites marges.

HUET (D'après J.-B.)

65 — Le Silence de Vénus.

Estampe gravée par L. Bonnet.
Très belle epreuve *imprimée en couleurs*. Petites marges.

HUET (D'après J.-B.)

66 — Thétis écoute Protée qui lui prédit qu'elle aurait un fils plus puissant que son père.

Estampe petit in-folio, par L. Bonnet.
Très belle épreuve *imprimée en couleurs*. Marges.

HUET (D'après J.-B.)

67 — Le Triomphe d'Ariane. — Le Triomphe de Galathée.

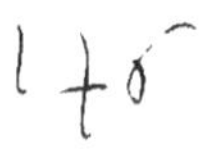

Deux estampes faisant pendants, gravées par L. Bonnet.
Très belles épreuves *imprimées en couleurs*. Petites marges.

HUET et BAUDOUIN (D'après)

68 — LE DÉJEUNER. — LE GOUTER (D'après Baudouin). — LE DINER. — LE SOUPER.

> Suite de quatre pièces in-folio en hauteur, gravées par L. Bonnet.
> Superbes et très fraîches épreuves *imprimées en couleurs*, avec marges. Seule, l'épreuve du Goûter, la plus rare des quatre, a été remargée. Excessivement rare à trouver réunies.

JANINET (F.)

69 — L'AMOUR RENDANT HOMMAGE A SA MÈRE.

— LE SOMMEIL D'ARIANE.

— VÉNUS DÉSARMANT L'AMOUR.

— VÉNUS EN RÉFLEXION.

> Suite de quatre pièces, d'après F. Boucher et Charlier.
> Très belles épreuves *imprimées en couleurs*. Marges.

JANINET (F.)

70 — LA BACCHANTE ENIVRÉE. — LE SATYRE AMOUREUX.

> Deux pièces petit in-folio en travers, faisant pendants, d'après Ph. Caresme.
> Très belles épreuves *imprimées en couleurs*. Marges.

JANINET (F.)

71 — COLONNADE ET JARDINS DU PALAIS DE MÉDICIS.
— RESTES DU PALAIS DU PAPE JULES.

Deux estampes faisant pendants, d'après Hubert-Robert.

Très belles épreuves *imprimées en couleurs*. Grandes marges.

JANINET (F.)

72 — LA FOLIE.

Charmante estampe en médaillon ovale, d'après H. Fragonard.

Très belle épreuve *imprimée en couleurs*. Marges.

JANINET (F.)

73 — PAYSAGE.

Estampe d'après Louis Moreau, l'aîné.

Très belle épreuve *avant la lettre, imprimée en couleurs*. Grandes marges.

KAUFFMANN (D'après Angélica)

74 — PATIENCE. — PERSÉVÉRANCE.

Deux pièces faisant pendants, par P.-F. Le Grand.
Très belles épreuves *imprimées en couleurs*. Marges.

KAUFFMANN (D'après Angélica)

75 — LOUISA HAMMOND.

Ravissant portrait dans un médaillon ovale, par F. Bartolozzi.

Très belle et rare épreuve *imprimée en couleurs*. Marges.

LAVREINCE (D'après Nicolas)

76 — LES APPRÊTS DU BALLET (E. B., 4).

Belle estampe in-folio en travers, par Tresca.
Très belle épreuve, les noms des artistes *tracés à la pointe*.

205

LAVREINCE (D'après Nicolas)

77 — L'AVEU DIFFICILE (E. B., 8).

Belle estampe in-folio en hauteur, gravée par F. Janinet, formant suite avec les deux décrites plus bas.
Superbe épreuve *imprimée en couleurs*, d'une grande fraîcheur. Grandes marges.

1.460

LAVREINCE (D'après Nicolas)

78 — LA COMPARAISON (E. B., 12).

Belle estampe in-folio en hauteur, gravée par F. Janinet
Superbe épreuve *imprimée en couleurs*, avec toute sa marge. Très rare dans cet état de conservation.

1.600

LAVREINCE (D'après Nicolas)

79 — L'INDISCRÉTION (E.-B., 30).

Belle estampe in-folio en hauteur, gravée par F. Janinet.
Superbe épreuve, *imprimée en couleurs*, d'une grande fraîcheur et avec grandes marges.

1.785

LAVREINCE (D'après Nicolas)

2. 300 80 — L'Assemblée au salon. — L'Assemblée au concert (E. B., nᵒˢ 5 et 6).

> Deux jolies pièces in-folio en travers, faisant pendants, par Dequevauviller.
> Superbes épreuves avec le titre, mais *avant la dédicace* et avec grandes marges. Très rares en cet état.
> Cadres anciens Louis XVI, en bois sculpté doré.

LAVREINCE (D'après Nicolas)

2 70 81 — Ah ! laisse-moi donc voir (E. B., 2).

> Charmante petite pièce in-4ᵒ, un peu libre, par Janinet.
> Superbe épreuve *imprimée en couleurs*. Remargée. Rare.

LAVREINCE (D'après Nicolas)

3. 100 82 — Eh ! vite l'on vous voit ! — Si tu voulais. (E. B. appendice).

> Deux charmantes petites pièces in-4ᵒ, en hauteur, gravées par Le Cœur.
> Magnifiques et remarquables épreuves *imprimées en couleurs* de la plus grande rareté, sinon uniques en cet état de conservation avec toutes marges.

LAVREINCE (D'après Nicolas)

7 05 83 — L'Heureux moment. (E. B. 28.)

> In-fol. en hauteur, par N. de Launay.
> Superbe et très rare épreuve *avec la tablette blanche*, les noms des artistes, le titre et les initiales de Lempereur, entrelacées dans un cartouche tenant lieu d'armoiries ; sans aucune autre lettre. Petites marges.

LAVREINCE (D'après Nicolas)

84 — LA PARTIE DE MUSIQUE (E. B. 46).

In-fol. en travers, par Langlois le Jeune.
Très belle et rare épreuve du *premier état avant toute lettre*, seulement les noms des artistes tracés à la pointe. Marges.

LAVREINCE (D'après Nicolas)

85 — LE REPENTIR TARDIF (E. B. 52).

Estampe in-fol. en hauteur, par Le Villain.
Superbe épreuve *imprimée en couleurs*, remargée.

LAVREINCE (D'après Nicolas)

86 — LE RESTAURANT (E. B. 53).

Estampe in-fol. en hauteur, par Deni.
Très belle épreuve *avec l'adresse de Vidal*. Petites marges.

LAWRENCE (D'après Sir Thomas)

87 — MISS FARREN (devenue *Comtesse de Derby*).

Très gracieux portrait en pied, gravé par F. Bartolozzi.
Superbe et rarissime épreuve du *premier tirage, imprimée en couleurs* et de la plus grande fraîcheur. Petites marges.
(Cadre ancien Louis XVI avec fronton, guirlandes et pendentifs de laurier en bois sculpté et doré).

LAWRENCE (D'après Sir Thomas)

88 — MASTER HOPE.

> Beau portrait, gravé par S. Cousins (1836).
> Très belle épreuve à toutes marges.

LAWRENCE (D'après Sir Thomas)

89 — LADY LYNDHURST.

> Beau portrait, gravé par S. Cousins.
> Superbe épreuve du 1er tirage (*proof*) Toutes
> marges.

LAWRENCE (D'après Sir Thomas)

90 — NATURE (*The Calmady Children*).

> Belle estampe gravée par S. Cousins (1842).
> Superbe et très rare épreuve. Toutes marges.

LAWRENCE (D'après Sir Thomas)

91 — LADY WALLSCOURT.

> Portrait gravé par G. H. Philips (1839).
> Superbe épreuve du 1er tirage (*proof.*) Toutes
> marges.

MALLET (D'après)

92 — LES JEUX DE L'AMOUR.

> Estampe gravée par Beljambe.
> Très belle épreuve *imprimée en couleurs*, les noms
> des artistes *tracés à la pointe*. Marges.

MARIN (L.) (L. Bonnet)

93 — THE MILK-WOMAN. — THE WOMAN TAKING COFFEE.

Deux pièces in-fol., en hauteur, faisant pendants.
Superbes et très fraîches épreuves *imprimées en couleurs*, avec l'encadrement *rehaussé d'or* qui a été supprimé par la suite, et avec marge. Rares en aussi belle condition.

MARIN (L.) (L. Bonnet)

94 — THE PRETTY NOESGAY GARLE (*sic*).

Estampe petit in-fol. d'après Greuze.
Très belle épreuve *imprimée en couleurs*, avec l'encadrement *rehaussé d'or*.

MOREAU LE JEUNE (J.-M.)

95 — SERMENT DE LOUIS XVI A SON SACRE (Mah. 254).

Intéressante pièce historique.
Très belle et rare épreuve *avant la lettre*, le nom de l'artiste *tracé à la pointe*.

MORLAND (D'après G.)

96 — VARIETY.

Estampe petit in-fol. par Bartolotti.
Très belle épreuve *imprimée en couleurs*. Petites marges.

NORTHCOTE (D'après)

97 — COUNTRY GIRL OF TUSCANY.

Gracieuse estampe.
Superbe épreuve *imprimée en couleurs*. Sans marges.

REYNOLDS (D'après Sir J.)

98 — The R^t Honble Countess Spencer.

Gracieux portrait par F. Bartolozzi.
Très belle et rare épreuve *imprimée en couleurs*. Re-margée sur une ancienne marge.

REYNOLDS (D'après Sir J.)

99 — The Honble Mrs Bingham — The R^t Honble Countess Spencer.

Deux pièces faisant pendants, par Aug. Legrand.
Très belles épreuves *imprimées en couleurs*. Grandes marges.

REYNOLDS (D'après Sir J.)

100 — Lady Charles Spencer, par W. Dickinson.

Beau portrait in-fol. en hauteur, en manière noire.
Superbe et brillante épreuve. Petites marges.

REYNOLDS (D'après Sir J.)

101 — Jane, Countess of Harrington.

Grand et beau portrait en pied par V. Green.
Superbe épreuve en manière noire, légèrement *en couleurs*. Petites marges. Excessivement rare.

REYNOLDS (D'après Sir J.)

101 *bis* — Mrs Carnac.

Beau portrait en pied par I. R. Smith.
Très belle épreuve en manière noire. Marges. Rare.

REYNOLDS (D'après Sir J.)

102 — MARIA, DUTCHESS OF ANCASTER.

> Portrait à la manière noire, gravé par J. Watson.
> Très belle épreuve. Marges.

REYNOLDS et **ROMNEY** (D'après)

103 — A CONTEMPLATIVE YOUTH (*Mr. Brown*). — NATURE (*Lady Hamilton*).

> Deux ravissants portraits en buste faisant pendants, par Hodges et Smith.
> Superbes et rarissimes épreuves, *imprimées en couleurs*. Petites marges repliées sur le carton.

REYDOLDS (S. W.)

104 — LA DAME AU CHAPEAU DE PAILLE.

> Estampe in-fol. en hauteur, d'après P.-P. Rubens.
> Superbe épreuve *avant la lettre*. Toutes marges.

ROMNEY (D'après G.)

105 — MRS JORDAN, in the Character of *The Country Girl*.

> Gracieux portrait, par J. Ogborne.
> Superbe et très rare épreuve *avec la lettre blanche*, avant que le nom du graveur ait été remplacé par celui de Bartolozzi. Elle est de la plus grande fraîcheur, avec grandes marges.

ROMNEY (D'après G.)

106 — THE SEAMSTRESS (Portrait de *Lady Hamilton*).

Charmant portrait, gravé par T. Cheesman, élève de Bartolozzi.

Très belle et rare épreuve, *imprimée en couleurs.* Marges.

SAINT-AUDIN (Aug. de)

107 — COMPTEZ SUR MES SERMENTS. — AU MOINS SOYEZ DISCRET (E. B. 406-407).

Deux pièces faisant pendants, portraits de l'artiste et de sa femme.

Très belles épreuves. Marges.

SAINT-AUBIN (D'après Aug. de)

108 — LE BAL PARÉ. — LE CONCERT (E. B. 402-403).

Deux estampes in-fol. en travers, faisant pendants, gravées par A.-J. Duclos.

Très belles épreuves. Petites marges.

SMITH (Par et d'après J.-R.)

109 — LES DEUX AMIS, or *the two friends.*

Charmant médaillon ovale dans un encadrement en manière noire.

Très belle épreuve. Rare.

SMITH (J.-R.)

110 — A VISIT TO THE GRAND MOTHER.

> In-fol. en hauteur, d'après Northcote.
> Superbe et rare épreuve, *imprimée en couleurs.*
> Belles marges.
> (Cadre ancien en bois sculpté et doré).

SMITH (J.-R.)

111 — MRS MILLS.

> Gracieux portrait en buste, d'après G. Engleheart.
> Superbe épreuve, *imprimée en couleurs.* Sans marges.
> Très rare.

SMITH (J.-R.)

112 — CHILDREN OF WALTER SYNNOT ESQ'.

> Belle estampe in-fol. en hauteur, en manière noire, d'après J. Wright of Derby.
> Très belle épreuve du *premier état avec la lettre* seulement tracée, et avec de nombreux essais de pointe et de roulette dans la marge du bas.

SMITH (J.-R.)

113 — HOBNÉLIA.

> Estampe ovale in-4º.
> Très belle épreuve, *imprimée en bistre.* Marges.

SMITH (J. R.)

114 — SHEPHERDESS. — WOOD-NYMPH.

> Deux pièces en médaillons ovales faisant pendants, d'après S. Woodford.
> Très belles et rares épreuves *imprimées en couleurs*. Petites marges.

SMITH (D'après J. R.)

115 — THE MORALIST.

> In-fol. en hauteur, par W. Nutter. 1787.
> Superbe épreuve imprimée en bistre et légèrement rehaussée de couleur. Marge.

TAUNAY (D'après N.)

116 — FOIRE DE VILLAGE. — NOCE DE VILLAGE. — LA RIXE. — LE TAMBOURIN.

> Suite de quatre pièces in-fol. en hauteur, par Descourtis.
> Superbes et très fraîches épreuves, *imprimées en couleurs*, avec la *première adresse*, celle de Descourtis qui dans les épreuves postérieures est remplacée par celle de Morret. Grandes marges. Rares en aussi belle condition.

TAUNAY (D'après N.)

117 — NOCE DE VILLAGE.

> Une des quatre estampes de la suite précédente, par Descourtis.
> Très belle épreuve *imprimée en couleurs*, du *premier tirage*, avec les armoiries. Marges.

WARD et MARYE (D'après)

118 — LOUISA. — LA RÉFLEXION.

Deux pièces faisant pendants, gravées par de Montigny et Marye.
Superbes épreuves *imprimées en couleurs*. Marges.

WATTEAU (D'après Ant.)

119 — L'ACCORD PARFAIT.

Pièce in-fol. par Baron.
Rare épreuve à l'état *d'eau-forte pure*. Remargée.

WATTEAU (D'après Ant.)

120 — L'AMOUR AU THÉATRE-FRANÇAIS.

Belle pièce in-fol. en travers, par C. N. Cochin.
Superbe épreuve avec grandes marges.

WATTEAU (D'après Ant.)

121 — AMUSEMENTS CHAMPÊTRES, par B. Audran.

Estampe in-fol. en travers.
Très belle épreuve avec belles marges.

WATTEAU (D'après Ant.)

122 — *Arlequin, Pierrot, Scapin.*

Estampe petit in-fol., par Surugue.
Très belle épreuve. Marges.

WATTEAU (D'après Ant.)

123 — L'ASSEMBLÉE GALANTE.

Belle estampe in-fol., par Lebas.
Très belle épreuve. Grandes marges.

WATTEAU (D'après Ant.)

124 — LE BAIN RUSTIQUE.

> Estampe in-fol. en travers, par A. Cardon.
> Superbe épreuve avec toute sa marge.

WATTEAU (D'après Ant.)

125 — COMÉDIENS ITALIENS.

> Estampe in-fol. en travers, par Baron.
> Superbe épreuve. Grandes marges.

WATTEAU (D'après Ant.)

126 — LA DANSE PAYSANE (*sic*).

> Estampe in-fol. en hauteur, par Audran.
> Très belle épreuve, avec grandes marges.

WATTEAU (D'après Ant.)

127 — LES ENTRETIENS BADINS.

> Estampe petit in-fol. en travers, par Audran.
> Très belle épreuve. Petites marges.

WATTEAU (D'après Ant.)

128 — FÊTES VÉNITIENNES.

> Belle estampe in-fol. en hauteur, par L. Cars.
> Très belle épreuve. Marges.

WATTEAU (D'après Ant.)

129 — LA FINETTE.

> Charmante estampe petit in-fol. en hauteur, par Audran.
> Très belle épreuve. Marges.

WATTEAU (D'après Ant.)

130 — LA GAME (*sic*) D'AMOUR.

> Estampe in-fol. en travers, par J.-B. Le Bas.
> Très belle épreuve. Petites marges.

WATTEAU (D'après Ant.)

131 — LE LORGNEUR.

> Estampe petit in-fol. en hauteur, par G. Scotin.
> Très belle épreuve. Marges.

WHEATLEY (D'après F.)

132 — TWO BUNCHES A PENNY OU *A un sou mes deux poignées de primeroses!*

> Planche première de la suite des *Cris de Londres*.
> Petit in-fol. en hauteur, par Schiavonetti.
> Superbe et très fraîche épreuve, *imprimée en couleurs* du premier tirage. Marges. Très rare.

WHEATLEY (D'après F.)

133 — MILK BELOW, MAIDS.

> Deuxième planche de la suite des *Cris de Londres*.
> Petit in-fol. en hauteur, par Schiavonetti.
> Très belle épreuve, *imprimée en couleurs*. Petites marges.

WHEATLEY (D'après F.)

134 — SWEET CHINA ORANGES, SWEET CHINA.

> Troisième planche de la suite des *Cris de Londres*.
> Petit in-fol. en hauteur, par Schiavonetti.
> Belle épreuve, *imprimée en couleurs*. Marges.

WILLIAMS (Sol.ⁿ)

135 — SIMPLICITY, dedicated to the R^t Honble Viscountess D. Andover.

> Pièce in-fol., publiée en 1805.
> Très belle épreuve, *imprimée en couleurs*. Marges.

YOUNG (J.)

136 — THE GIPSY FORTUNE TELLER, d'après W. Beechy.

> Gracieuse estampe in-fol. en hauteur.
> Très belle et rare épreuve, *imprimée en couleurs*.

RED. :

21

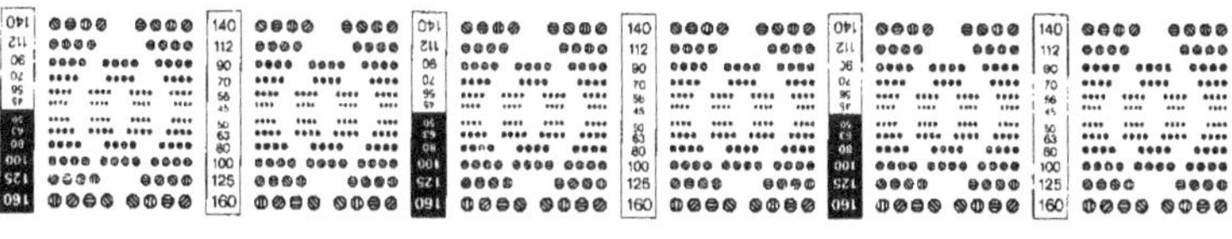

379.89.70
graphicom

MIRE ISO N° 1
NF Z 43-007
AFNOR
Cedex 7 - 92080 PARIS-LA-DÉFENSE

0 1 2 3 4 5 6 7 8 9 10

BIBLIOTHEQUE
NATIONALE
DE FRANCE

****

CHATEAU
DE
SABLE
1996

www.ingramcontent.com/pod-product-compliance
Lightning Source LLC
LaVergne TN
LVHW010438060726
842527LV00005B/1568